L'OMBRE

DE

SAINT PIERRE.

L'OMBRE

DE

SAINT PIERRE,

DÉDIÉ

A LAMENNAIS.

MONTAUBAN,

Imp. de J.s RENOUS et C.ie, place de l'Horloge.

—

1841.

A LAMENNAIS.

—

Le lierre pour grandir a besoin d'un appui ;
Il s'accroche partout, au mur, à l'orme, au chêne.
Pauvre et faible arbrisseau je serai comme lui,
J'unirai ma faiblesse à la force d'autrui
Pour m'élever de terre où ma tige se traîne.
O Lamennais, beau cèdre du Liban,
Dont mon œil n'a jamais pu découvrir la tête,
Toi que n'ont pu briser l'effort de la tempête
Et les foudres du Vatican,
Viens au secours de ma tige rampante,
Prête-moi de ton tronc l'impérissable appui :
Sur ce tronc colossal souffre que je serpente,
Je grandirai peut-être autour de lui.

PAUL BIMAR.

L'OMBRE DE SAINT PIERRE.

On dit que tous les soirs à Rome,
Quand descend l'ombre de la nuit,
On voit errer un blanc fantôme
Qui disparaît au moindre bruit.

Il s'assied sur le bord des tombes,
Déchire ses lambeaux de deuil,
Et rentre dans les catacombes,
Une grosse larme dans l'œil.

Les membres rouges du conclave
Qui vendent le ciel à l'encan,
Ont vu souvent le spectre hâve
Glisser autour du Vatican.

Des rosaces du Capitole,
Du haut des tours et des remparts,
Ils l'ont vu ceint d'une auréole
Au seuil du palais des Césars.

On dit qu'une terreur secrète
Hérissait le poil de leurs chairs,
Quand ils voyaient le blanc squelette
Passer lentement dans les airs......

Souvent l'ombre mystérieuse
Imite un moine sous le froc,
Qui dans sa route ténébreuse
S'arrête et pleure au chant du coq.

Toujours de sa large ceinture
Il détache une pauvre clé,
Et va cherchant l'humble toiture
Où le Christ l'avait installé.

On tient, aux chroniques romaines,
Qu'il parcourt Rome en tous les sens,
Et que ses recherches sont vaines
Depuis plus de quinze cents ans.

‹ Où donc est la ville éternelle,
› Murmure-t-il à demi voix,
› Cette ville au front de laquelle
› Nous avions arboré la croix?

› ‹ Près de l'Eglise que je fonde
› › Satan n'habitera jamais ! ›
› Et cependant l'esprit immonde
› Dans Rome a ses plus beaux palais!

› Je ne vois plus Rome la sainte,
› Rome la vierge au front si pur ;
› L'égout du vice en son enceinte
› S'infiltre au pied de chaque mur.

› Première pierre de l'Eglise,
› Que j'arrosai de tant de pleurs,
› En quel cloaque t'ai-je assise !
› Hélas! tu rouvres mes douleurs.

» Le char qui passe, de sa roue
» Crache sur toi l'impur limon ;
» Sans cesse tu reçois la boue
» Que traîne au pied chaque démon.

» Qu'importe qu'on te badigeonne
» Des plus magnifiques couleurs ;
» Qu'importe, hélas ! qu'on te couronne
» De vases d'or remplis de fleurs.

» A mesure que te décore
» La main qui guide le pinceau,
» Tu transsudes par chaque pore
» La liqueur noire du ruisseau.

» Aux bouquetiers du chef de Rome
» Tu fais ruisseler tes sueurs,
» Qui rendent fétide l'arome
» Qu'exhalent ses plus belles fleurs. »

Il dit, et cherchant les décombres
De quelques monuments déserts,
Le spectre se perd dans les ombres
Comme une vapeur dans les airs.

Avant qu'une indigne tiare
Eût, au sommet du Vatican,
Allumé cet énorme phare
Dont s'épouvante l'Océan,

Le spectre habitait la colline
D'où le pape jette sa voix,
Cette voix qui tonne et fulmine
Contre un acte civil des rois.

Alors on voyait le fantôme,
Bien que chargé de son gibet (1),
Jeter sur la ville de Rome
Un regard tendre et satisfait.

Alors tout fier de son martyre,
Quand mourait un César chrétien :
Pars, disait-il, pour un empire
Mille fois plus grand que le tien.

Alors, il passait sur la ville
Comme un ange médiateur,
Et regagnait son noir asile
Sans causer la moindre terreur.

C'est qu'aux premiers temps de notre ère,
Les Anaclète, les Linus,
Dignes successeurs de Saint-Pierre,
N'héritaient que de ses vertus.

Ils n'héritaient que d'une tente
Que renversaient les moindres vents;
Ils ne prélevaient point de rente
Sur les croyances des vivants.

Pour eux n'était point l'hécatombe
Des prémices de l'univers :
Souvent ils n'avaient qu'une tombe
Pour s'abriter dans leurs hivers.

Aussi la ferveur primitive
Sans cesse engendrait des héros (2),
Et la raison, jamais rétive,
N'impugnait des dogmes nouveaux.

Mais, depuis qu'au sein de l'Eglise
Le vice se réfugia,
Qu'on vit une papesse assise
Dans un troupeau de Borgia,

Le spectre en ses courses nocturnes
Jeta l'effroi dans la cité,
Ceignit tous les fronts taciturnes
D'un bandeau de calamité.

Un soir, ajoute la chronique,
Un soir le spectre au blanc manteau,
Debout devant la basilique,
Lisait un superbe écriteau.

L'éclat transparent des bougies,
Qui peut-être dans le saint lieu
Servait aux papales orgies,
Brillait à travers : MAISON-DIEU.

Et de cette église éternelle
Partait un bruit confus de voix :
« Telle puissance temporelle
» Osa méconnaître nos droits. »

— Déposons ce prince hérétique. —
« Que son trône soit un gibet. »
— Du territoire d'Amérique
Agrandissons Elisabeth. — (5)

« Qu'aussitôt une bulle parte
Sur la poudre de nos canons
Et brise au front de Bonaparte
Le diadême des Bourbons. »

— Que le Château Saint-Ange gronde
Jusqu'aux bornes de l'Univers,
Et fasse reconnaître au monde
Que Rome à tout donne des fers. —

Ainsi bourdonne dans le temple
Un vil essaim de cardinaux,
Tandis que le spectre contemple
L'éclat des orgiques flambeaux.

Lors, de vingt fois une coudée
L'ombre grandit comme un géant,
Et trace de sa main ridée,
Auprès de *Maison-Dieu* : NÉANT !!!....

Les batteleurs du saint manége,
Dignes encor d'un autre nom,
Se rétrécissent sur leur siége
Comme un vieux cuir sur un charbon.

Le sang dans leurs veines se fige;
Ils sont, d'effroi, moins vifs que morts;
Sur eux a passé le vertige
Qui ressuscite les remords.

Voyez-les, sous leur rouge étole,
Se contracter *sous un regard*,
Ces lévites du Capitole
Servant Baal pour la plupart;

Voyez-les se roulant à terre
Et se couvrant de leurs manteaux,
Pour ne pas voir l'ombre de Pierre
Qui semble leur darder ces mots :

« Ainsi donc, race de vipères,
Vous osez ramper dans ce lieu,
Vous osez creuser vos repaires
Dans le tabernacle de Dieu.

Et Dieu ne brise pas la table
Sur la tête des trafiquants,
Et Dieu, de sa main redoutable,
Ne renverse pas vos encans!

Et contre vos iniques œuvres
Il n'arme point son bras divin
D'un faisceau vivant de couleuvres
Qui vous couvrent de leur venin!

Quoi! vous renouvelez l'exemple
De ceux qu'il traita de voleurs,
Et Dieu ne chasse pas du temple
De bien plus grands profanateurs!

Un feu vengeur ne vous embrase,
Comme Abiron, Coré, Dathan!
Cette voûte ne vous écrase,
Dignes ministres de Satan.

‹ Telle puissance temporelle
› Osa méconnaître vos droits! ›
Depuis quand l'Eglise se mêle
D'entrer en lice avec les rois?

Le Christ enjoignit-il à Pierre
De guerroyer contre César?
Contre les princes de la terre
Sa croix fut-elle un étendard?

Qui vous octroya la puissance
De déposer, à votre gré,
Pour n'importe quelle croyance,
Un roi que Dieu même a sacré?

Dieu déposa-t-il le Tétrarque
Qui crut l'étouffer au berceau?
Eûtes-vous à fuir un monarque
Armé d'un glaive de bourreau ?

Est-ce encore Dieu qui vous octroie
De concéder à l'Espagnol
Cette continentale proie
Que vous n'aviez que par le dol?

Le sort des empires du monde,
Qui l'a remis entre vos mains?
Quelques traits sur la mappemonde
Feront-ils le sort des humain ?....

Misère !... Ils ont cru qu'une bulle
Arrêterait Napoléon,
Et que cette inepte formule
Lui fermerait le Panthéon !

Savez-vous si, dans sa sagesse,
Dieu n'en faisait point un Jephté,
Pour sauver la grande Lutèce
De l'Ammonite révolté?

Contre le géant de la Corse,
Mais qu'avez-vous à fulminer?
Sera-ce contre son divorce,
Ou contre sa soif de régner?

Mais voyez, voyez Charlemagne:
N'ose-t-il pas répudier,
Pour une femme d'Allemagne,
La fille du Lombard Didier?

Ne renverse-t-il pas le trône
Des deux enfants de Carloman?
Cependant Rome le couronne
Par les mains du pape Adrian.

Avez-vous deux poids, deux mesures
Dans le sanctuaire de Dieu?
Et départez-vous vos censures
Suivant l'homme, le temps, le lieu?

Oui, le seul intérêt vous guide,
A tout instant vous le prouvez ;
L'égoïsme le plus sordide
Est le seul Dieu que vous servez.

Aussi, que voyez-vous ? L'Eglise
Changée en salle de bazars,
Et qui peut-être scandalise
Le plus infâme des Césars.

Que voyez-vous ? Vos prosélytes
Vous désertant le lendemain,
A vos commerces illicites
Rougissant de prêter la main.

Que voyez-vous ? Le tabernacle
Muet sur l'autel écroulé,
Et refusant le moindre oracle
Au cœur fidèle et désolé.

Que voyez-vous ? Le sanctuaire
De tout son éclat dépouillé,
Un sacrilége ministère
Que tous les vices ont souillé.....

Toutes vos actions se moulent
Au moule de l'iniquité ;
Par là tous vos autels s'écroulent,
Par là se meurt la chrétienté.

N'est-ce pas vous dont les scandales
Ont livré l'Arche au Philistins ?
N'est-ce pas vous, Sardanapales,
Qui polluez le Saint des Saints.

Est-ce à tort si Dieu vous retire
L'esprit d'infaillibilité,
S'il vous couronne dans son ire
D'un noir bandeau de cécité ?.....

Le royaume des Cieux est proche,
Tremblez et convertissez-vous :
Demain peut-être un son de cloche
Viendra vous épouvanter tous.

Le front renversé jusqu'à terre,
Elevez votre repentir,
En guise de paratonnerre,
Sous la foudre qui va partir.

Qu'en cendres votre main réduise
Vos palais au pauvre insultants ,
Où votre luxe rivalise
Celui du sérail des sultans.

Renversez , renversez ces trônes
Dont vous faites votre escabeau ;
Qu'il ne vous reste pour couronnes
Que des ossements de tombeau.

N'ayez pour palais qu'une geôle ,
N'ayez pour sceptre qu'une croix ,
N'ayez pour trésor qu'une obole
Et pour Nonces que votre voix.

Allez comme allait Dieu lui-même,
Un pauvre bâton à la main,
Conférant à tous le baptême
Le long des rives du Jourdain.

Il annonçait son Évangile
Du haut des barques et des monts ;
Et la multitude docile
Ecoutait de cœur ses sermons.

Ne prêchez plus dans votre temple,
Prêchez aux toits, aux carrefours ;
Mais prêchez mieux par votre exemple
Que par vos élégants discours...»

Il dit : le club apostolique,
Dans cette nuit pleine d'horreur,
Sur l'autel de la Basilique
Crut voir l'ange exterminateur.

Il le crut voir armé du glaive,
Du glaive sanglant de Memphis....
Mais las! pour lui ce fut un rêve
Qui provoque encor ses lazzis.

(1) Saint Pierre fut supplicié à Rome, sur le Vatica
(2) Martyrs.
(3) Isabelle d'Espagne.

Errata : Pag. 17, 3e strophe, au lieu de *Est-ce encor*
lisez *Est-ce encor.*

FIN.